Pourquoi lire des contes ?

Qu'ils soient nés dans l'esprit fécond d'un auteur ou venus du fond des âges et de pays lointains, les contes transmettent une culture, une tradition, ils parlent de nous ; c'est pourquoi ils sont universels.
Comprendre, accepter les autres, mieux se connaître, se laisser porter par la magie des mots : c'est tout cela que les contes offrent.

Depuis 1931, les Albums du Père Castor proposent de merveilleuses histoires illustrées, et créent les classiques de la littérature pour enfants, d'hier et d'aujourd'hui.
Nous perpétuons cette tradition avec les talents d'auteurs de mots et d'images pour le plaisir toujours renouvelé du partage de la lecture…

Pinocchio

ISBN : 978-2-0813-9023-2 – ISSN : 1768-2061

Imprimé par Pollina, Luçon, France - L79251B – 01-2017 – Dépôt légal : mars 2017
Éditions Flammarion (n° L.01EJDN001317.N001) – 87 quai Panhard-et-Levassor, 75647 Paris Cedex 13
Loi n° 49-956 du 16 juillet 1949 sur les publications destinées à la jeunesse

Pinocchio

Raconté par Anne Fronsacq
d'après un conte de Carlo Collodi
Illustré par Olivier Latyk

Un tendre clin d'œil à Gwen
et à sa jolie Maiwen.
A. F.

Pour Antonia.
O. L.

Père Castor ■ Flammarion

Il était une fois un menuisier nommé Geppetto.
Un jour, il décide de faire une marionnette dans un beau morceau de bois offert par son voisin.
Dès qu'il frappe l'écorce, une petite voix proteste :
– Pas si fort ! Tu me fais mal !

Geppetto s'arrête, stupéfait.
Il regarde partout dans l'atelier, sous l'établi. Personne !
– J'ai rêvé ! dit-il en riant. Remettons-nous au travail !

En chantonnant pour se donner du courage,
il commence à polir le bois.
Mais un gloussement se fait entendre :
– Arrête ! Tu me fais des chatouilles !

Cette fois, Geppetto reste pétrifié, la bouche grande ouverte…
« Ce bout de bois est magique ! finit-il par se dire.
Eh bien, tant mieux : un pantin qui parle me tiendra compagnie ! »

Et il se met à sculpter les cheveux, le front, puis les yeux et le nez.
À peine terminés, les yeux le fixent avec effronterie.
Le nez, lui, devient en quelques minutes d'une longueur incroyable.
Puis la bouche se moque de lui.
– Arrête de rire ! dit Geppetto, vexé.

Mais le pantin lui tire la langue.
Le menuisier fait semblant de n'avoir rien vu et continue.
Il fait le menton, le cou, puis les épaules et le ventre, les bras et les mains.
Enfin, il fabrique les jambes et les pieds.

Quand il les a finis, il reçoit un coup de talon en plein sur le nez.
– Je l'ai bien cherché ! dit le vieil homme en riant.
Il saisit le pantin sous les épaules et déclare :
– Je te baptise Pinocchio ! Ça te plaît ?
– Pas mal ! dit la marionnette. Et toi, tu t'appelles comment ?
– Geppetto, mais appelle-moi Papa. Tu seras un fils pour moi.

Bientôt Pinocchio marche tout seul et court à travers la pièce.
Trouvant la porte ouverte, il s'enfuit dans la rue.

– Arrêtez-le ! hurle Geppetto en courant après Pinocchio.

Un gendarme attrape le pantin par le nez
et le remet au menuisier.
– Tu dois m'obéir et aller à l'école ! dit Geppetto, furieux.

Aussitôt le pantin se jette à terre en hurlant.
Les passants s'attroupent autour d'eux.
– Le pauvre ! Cet homme va le réduire en miettes !

Le gendarme intervient et conduit Geppetto en prison.

Pinocchio file aussitôt à toutes jambes et rentre chez lui.
Mais un bruit le surprend : « Cri-cri-cri ! »
Il se retourne et voit un gros insecte qui grimpe sur le mur.

– Qui es-tu, toi ?

– Je suis le Grillon Parlant, et je vis ici depuis plus de cent ans.

– Maintenant, c'est ma maison ! dit le pantin. Déguerpis, s'il te plaît !

– Pas avant de t'avoir dit qu'il arrive malheur aux enfants qui se révoltent contre leurs parents !

– Cause toujours. Moi, je n'irai pas à l'école.

– Alors tu deviendras un âne, et tout le monde se moquera de toi !

De rage, Pinocchio lance un maillet de bois vers le Grillon Parlant.
Touché à la tête, le Grillon s'évanouit après un dernier « Cri-cri-cri ».

Épuisé, Pinocchio s'allonge devant la cheminée.
Il pose ses pieds sur les braises encore chaudes
et s'endort.
Pendant qu'il ronfle, ses pieds de bois se consument.

Au matin, Geppetto découvre son pantin qui sanglote :
– On a mangé mes pieds ! Ouin ! Ouin ! Ouin !
Attendri, le vieil homme le prend dans ses bras.
– Je veux des pieds neufs ! pleurniche Pinocchio.
– Et tu en profiteras pour te sauver une nouvelle fois !
– Non, c'est promis, j'irai à l'école !

Dès que Pinocchio a retrouvé des pieds,
son père lui confectionne
un petit costume en papier à fleurs.
– J'ai l'air d'un monsieur ! dit Pinocchio.
Mais il me faut un abécédaire.

Le lendemain Geppetto est dehors,
en bras de chemise.
Il tend un abécédaire à son fiston.
– Et ton manteau, Papa ? demande Pinocchio.
– Je l'ai vendu. Il me tenait trop chaud.

Sur le chemin de l'école, Pinocchio se parle à lui-même :
« Aujourd'hui, je vais apprendre à lire ; demain, à écrire ; et après-demain, à compter. Une fois devenu savant, je gagnerai plein d'argent et j'achèterai un beau manteau à mon papa. »

Tout à coup, il entend le son d'une fanfare. Et il se dirige vers une place où a été dressé un théâtre de marionnettes. Il en oublie l'école et échange son abécédaire contre un billet d'entrée.

Sur scène, Arlequin et Polichinelle
se chamaillent.
Lorsqu'ils aperçoivent le pantin,
ils crient :
– Pinocchio ! Viens avec nous !

Pinocchio se jette dans les bras
de ses frères de bois.
Ils font un tel vacarme
que le public indigné quitte la salle.
Le marionnettiste surgit
et gronde, furieux :
– Tu as gâché mon spectacle !
Tu vas finir au feu !

Il attrape Pinocchio
qui se met à pleurer et à crier si fort
que le marionnettiste a pitié de lui.
Apprenant que son père est
un pauvre homme,
il lui donne cinq pièces d'or.
– Va vite les porter à ton père !
lui dit-il.

Sur le chemin de sa maison, Pinocchio rencontre un Renard boiteux et un Chat aveugle.
– Où vas-tu comme ça, pantin ? lui demandent-ils.
– Je vais porter ces pièces à mon père.
– Quelles belles pièces d'or ! dit le Renard. Je connais le moyen de multiplier ta fortune ! Si tu les plantes dans le Champ des Miracles, demain tu en récolteras plein.

Confiant et ravi, Pinocchio les suit au Pays des Nigauds.
À la tombée de la nuit, ils s'arrêtent dans une auberge.
Pendant que Pinocchio paie leurs trois dîners avec une pièce d'or,
ses compagnons en profitent pour s'en aller.

Alors que le pantin les cherche dans la nuit,
le Renard et le Chat, déguisés en bandits, lui barrent le chemin.
Vite, Pinocchio fourre ses pièces dans sa bouche et tente de fuir.
Mais les deux vauriens, qu'il n'a pas reconnus,
le rattrapent et le pendent par les pieds à un arbre en ricanant.
– Nous reviendrons demain, quand tu auras desserré les dents !
– Oh ! mon papa ! Si tu pouvais être là ! murmure Pinocchio.

Par chance, le pantin est sauvé par la Fée bleue.
Elle le force à avaler un médicament très amer
qui le remet sur pied.
– Rapporte vite les pièces à ton papa,
lui recommande-t-elle.
– Je les ai perdues ! répond Pinocchio.

À ce mensonge,
son nez, déjà long, s'allonge encore.
– Et où les as-tu perdues ? demande la Fée.
– Dans les bois !

À ce second mensonge, son nez grandit encore plus.
Devant le sourire moqueur de la Fée,
Pinocchio se reprend :
– Non, je les ai avalées en buvant votre médicament.

À ce troisième mensonge, son nez a tellement grandi que le pantin ne peut plus bouger la tête sans se cogner.
– Que m'arrive-t-il ? s'écrie-t-il.

La Fée bleue rit aux éclats :
– Ce qui arrive toujours lorsqu'on dit un mensonge !

Honteux, Pinocchio sort de sa poche les quatre pièces restantes…
Alors la Fée demande à un pivert de rogner le nez du pantin.
– Maintenant, dit-elle gentiment, file vite, ton père t'attend !

Le pantin obéit, mais il tombe à nouveau sur le Renard et le Chat.
– Tu as toujours tes pièces d'or ? interroge le Renard. On va les planter ?

Pinocchio hésite, car il pense à la bonne Fée, à son papa…
Mais encore une fois, il les suit et enterre ses pièces dans le champ.
Évidemment, quand il revient quelques heures plus tard, le trou est vide : les deux filous ont récupéré les pièces.
Pinocchio pleure de désespoir.

À ce moment-là, un gros pigeon se pose à côté de lui.
– Geppetto s'apprête à traverser les océans pour te chercher. Viens vite ! lui dit-il.

Aussitôt, le pantin saute sur le dos du pigeon et ils volent jusqu'à la mer.
Hélas, quand ils arrivent, ils aperçoivent un minuscule canot qui danse sur les flots déchaînés.
Soudain, surgit une vague terrible qui engloutit la barque.
– Mon papa ! hurle Pinocchio. Je veux sauver mon papa !

Et il se jette à la mer du haut d'un rocher.

Le tonnerre gronde et des trombes d'eau s'abattent sur Pinocchio.
Au matin, une vague le jette sur le rivage.
À bout de forces, il arrive au village des Abeilles Industrieuses.
Le pantin accepte d'aider une jeune fille en échange d'un repas.
Quand il lève la tête pour la remercier, il la reconnaît.
– Oh, ma petite Fée chérie ! balbutie le pantin. J'ai tant de peine. Mon papa a disparu !
– Si tu veux retrouver ton papa, commence par aller travailler ! lui dit-elle.
Et si tu fais tout ce que je te dis, tu deviendras un vrai petit garçon.

Pinocchio va désormais sans rechigner à l'école.
Pendant quelques mois, la Fée bleue est très contente de lui.
Mais un soir, il croise une carriole pleine d'enfants tout joyeux.
– Eh, toi, le pantin ? l'appelle l'un d'eux. On va au Pays des Jouets.
Là-bas, on s'amuse tout le temps ! Viens avec nous !

Pinocchio pousse un gros soupir en disant :
– J'ai promis à la bonne Fée…

Pourtant, il ne peut s'empêcher
de grimper dans la carriole.

Au Pays des Jouets, tout est permis !
Les semaines passent comme dans un rêve…
Cependant, Pinocchio a l'impression que chaque jour ses oreilles grandissent.
Et voilà qu'un matin, il se réveille avec des oreilles d'âne.
Et quand il ouvre la bouche, il ne peut dire que :
« Hi ! Han ! Hi ! Han ! »

Tous ses camarades ont subi le même sort.
Aussitôt, le conducteur les attelle à la carriole et part les vendre au marché.

L'âne Pinocchio est acheté par un directeur de cirque.
À coups de fouet, il doit apprendre
à sauter dans des cercles.

Le soir du spectacle, le pauvre Pinocchio, terrorisé,
rate le cerceau et s'écroule, une patte brisée.
Le directeur, furieux, l'attrape et le jette dans la mer.

Heureusement, au contact de l'eau, il redevient une marionnette de bois.
Il se met à flotter et se croit sauvé.

Soudain, un gigantesque requin surgit des vagues et l'engloutit.
Quand le pantin se réveille dans le ventre de l'animal,
il aperçoit une lueur dans le lointain.
Il avance à tâtons vers elle et trouve un vieil homme,
tristement assis sur sa barque, une bougie à la main.
– Oh ! Mon Papounet ! Enfin ! Plus jamais je ne te quitterai !
s'écrie Pinocchio en se jetant en pleurs dans ses bras.
– Mon petit ! Je t'ai cherché partout !

Pinocchio entraîne son père vers la gueule du requin.
Comme l'horrible poisson dort la bouche ouverte,
il les recrache sans même s'en apercevoir.
Soutenant son père, Pinocchio nage jusqu'à la côte.
Ils arrivent chez le Grillon Parlant qui, sans rancune,
leur offre l'hospitalité.

À partir de ce jour, Pinocchio est une marionnette très sage.
Il apprend à fabriquer des paniers et des corbeilles en jonc.
Avec l'argent de la vente, il achète de quoi manger.
Le soir à la veillée, il s'exerce à lire et à écrire.
Plus jamais il ne fait de bêtise, plus jamais il ne désobéit, plus jamais il ne ment.

Et un matin, Pinocchio, en se regardant dans la glace,
a la joie d'y voir un vrai petit garçon de chair et d'os.
Sur la chaise, près de son lit, gît son vieux corps de bois tout désarticulé.
La Fée bleue a tenu sa promesse.

Vous avez aimé cette histoire?
Découvrez également...

Les Classiques du **Père Castor**

Dans la même collection

n°21 | **La Moufle**
Robert Giraud
ill. Olivier Latyk

n°40 | **Le Chat botté**
Un conte de Charles Perrault
ill. Gwen Keraval

n°15 | **Jacques et le haricot magique**
Robert Giraud
ill. Xavier Salomó

n°5 | **Michka**
Marie Colmont
ill. Feodor Rojankovsky

n°35 | **Jolie-Lune et le secret du vent**
Mary-Hélène Sarno
ill. Ilya Green

n°2 | **Boucle d'or et les trois ours**
Marie Colmont
ill. Gerda Muller

Les Classiques du **Père Castor**

Dans la même collection

n°51 | Hansel et Gretel
Un conte des Frères Grimm
ill. Sophie Lebot

n°99 | L'Âne qui voulait chanter
Albena Ivanovitch-Lair
ill. Crescence Bouvarel

n°103 | Le Grand-père qui faisait fleurir les arbres
Un conte de la tradition japonaise
ill. Anne Buguet

n°24 | Le Petit Poucet
Un conte de Charles Perrault
ill. Ronan Badel

n°32 | Tom Pouce
Un conte des Frères Grimm
ill. Amélie Dufour

n°94 | Raiponce
Kochka d'après les Frères Grimm
ill. Sophie Lebot